대단한 놈들이다

창 비
청소년
시 선
04

채지원 시집

창비

차
례

제1부

틴트 고운
입술로

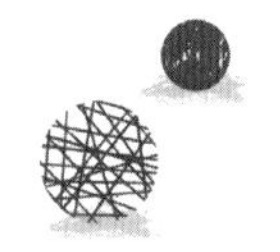

제2부

대단한 놈들이다

제3부

자유 시간

제4부

나는 어쩌면

제1부

틴트 고운 입술로

사춘기

창수가 5분 말하기를 하러
교탁 앞에 섰을 때
부리한 눈빛에
좌중은 숙연하였다
5학년 때 처음 본 야동을
지금껏 끊지 못해
키가 안 자랐다는 말은
아름다웠다
성호의 구글 속 야동들이
섬처럼 떠다녔고
동서양의 풍속이
서로 달랐다
언젠간
동영상대로 해 보고 싶다는
포부를 말할 땐
서른두 개의 이가
그대로 드러났다
아이들은 다시 구글 앞에 앉아

자맥질을 하며 그렇게
어른이 되어 갔다

문득 청계천에 나돌던
빨강 비디오가 떠오른다

기면증

탁구반인 기영이는 동아리 날 집에 옷 갈아입으러
갔다가 깜박 잠이 들곤 했다
나는 번번이 결석인 기영이를 체크하지 않았다
어렸을 때부터 느닷없이 쏟아지는 잠 때문에 학교에 늦고
빠지고 하는 그 애의 삶이 애처로웠다
오늘도 학년 말 장기 자랑 시간에 무대 옆에 쪼그려 앉아
이제 막 잠이 깬 듯한 부스스한 얼굴로 앉아 있는
그 애의 등딱지엔 여전히 졸음이 묻어 있었다
학교를 오가며 늘 쏟아졌을 잠, 잠, 잠……
크리스마스이브, 해는 저물어
한껏 들뜬 흥분된 분위기 속에 느닷없이
기영이가 무대 위에 나타났다
팝핀댄스를 추는 기영이에게 졸음은 없었고
무덤 같던 그 애의 생은 어느덧 무대 위에서
화려하게 빛나고 있었다

휠체어 놀이

국어 시간에
토끼전 역할극을 위해
예찬이의 휠체어를 잠깐 빌렸다
용왕의 의자 소품으론 그게 딱이었다
휠체어를 타고 씽씽 달린다
예찬인 그저 재밌다는 듯 굽은 다리를 모로 세우며
용왕을 바라보았다
국어책에 실린 대사를 외우며
우혁이는 휠체어를 잘도 달린다
씽씽 까르르
한바탕 웃음이 터졌다
휠체어를 벗은 예찬인
모처럼 무더위도 잊었다

은수의 머리칼

여름 방학이 끝나자
아이들은 너도나도 머리에
물을 들이고 왔다
다른 반보다 비교적 잔소리가 덜한
나였기에 아이들은 한동안 황금 물결
붉은 물결 등을 휘날리고 다녔다
나도 그새 붉은 물결의 여인이 되어
아이들과 함께 개학을 맞았다
방학 전 독고진 머리*라며
강제로 머리칼이 잘린 은수
아직 길이 덜 든 짧은 잡초에
황금 들녘이 일렁였다
헤어 디자이너를 꿈꾸는 은수의 잘린
머리칼들은 지금쯤 어디를 떠돌까
어느덧 일주일이 지나고 열흘이 지나
아이들은 하나둘씩 머리 색깔을 바꾸기 시작했다
인권조례가 시행되기 이전의 교칙대로
모두들 검은 머리로 회귀하는데는

그리 오래 걸리지 않았다
다만 그러는 동안에 아이들의
마음속에 자란 의혹의 돌멩이들은 누가
캐 줄 것인가 나는 여전히 붉은 머리칼로
교탁 앞에 서서 고뇌하였다
어른들의 싸움으로 아이들 인권은 물을 건넜다
돌아왔다 하는데
언제쯤 등굣길에 늘어선
선생님들의 눈초릴 피하게 될까
검은 머리의 아이들이 운동장 잔디밭에서 축구 하는 동안
하늘은 유난히도 높고 푸르렀다

* 드라마 「최고의 사랑」에서 차승원이 연기한 톱스타 '독고진'의 헤어스타일. '투블럭 컷'이라고 함.

남친

오래도록 사귀어 온 그 애가
다정하기도 하지만
때로는 지루해
토욜날 노래방에도 안 가고
알콩달콩 지내고 싶은데
그 애에겐 황석어젓 비린내가 나
엊그제 새로 만난 그에게선
페퍼민트 향이 나
오래 묵지 않은 알싸한 향
그래서 그 애를 좋아해
놓치고 싶지 않아
옛날 남친에게서 구할 수 없는 신선함
그 달달한 초콜릿 향이 나를 취하게 해
정말이야

꽃잎

붉고 가녀린 꽃떨기 하나
쇠창살에 매달려 있다
꽃잎은 어디서 왔는가
붉디붉은 너의 자줏빛 입술 위에도
봄은 왔는가

가을비는 추적추적 내리고

가을비 내리는 하굣길
아이들은 부서진 낙엽처럼
삼삼오오 보도 위를 거닌다

이 시대의 빳빳한 쇠창살들
아직껏 고시를 안 한 추동복 착용 기간의
행방은 묘연하고
아이들은 초겨울 날씨에도
블라우스나 와이셔츠만 입고
학교를 오간다

황톳빛 교문 앞
가을비는 추적추적 내리고
아이들은 몸을 웅숭그리고
반팔 입은 하굣길, 우산은 보도 위를 뒹군다
빨강, 파랑, 노랑, 초록……

틴트 고운 입술로……

틴트 바르면 매춘부라고
아직도 울퉁불퉁한 회초리를 치켜드는
선생님의 직업은 미술 샘 아니세요?
우린 치장하고 싶고
색색이 고운 컬러들, 마음껏 흩뿌리고 싶은데
화장은 안 되나요?
얼굴 썩는다는 말은 궤변이에요
너무나 초라한 변명
똑똑히 알려 주세요
우리 얼굴에 우리가 치장해서 잘못된
진짜 이유를
무엇이 죄인가요?
왜 맨날 소모적인 벌을 내리시는지
모르겠어요
샘처럼 색색이 고운 날개를 달고
맘껏 날고 싶은데
왜 우린
화장하면 안 되나요? 예?

교무실

야단칠 일도 없고
혼낼 일도 아닌데
아이들은 교무실로 호출만 받으면
당장 초조해하며 내가 뭘 잘못했나부터
생각한다

주의력 결핍 과잉 행동 장애

요즈음엔 정신과 약을 먹는 아이들이 정말로 많다
학업에 지장 있다며
지나치게 산만하다며
향정신성 약물을 주입하는 부모들
어차피 사춘기인 십 대에
겪어야 할 질풍노도를
약으로 조절하고
공부하라며 기죽이는 어른들 앞에서
초췌한 영혼의 아이, 아이들
꽃봉오리 터질 즈음의 환성
비정상과 정상의 경계에서 서성이는
수많은 아이들의 짓무른 상처
혼돈의 세상, 지루한 터널의 끝은 어디인가

불편한 눈빛

선생님들은 가끔씩 튀거나
기발한 말을 하는 아이를
콕 찍어
이상하다고 한다
왜일까
우린 그저 재밌는 농담과
얘기로 웃음꽃을 피우는 중인데
우리들의 상상력을 방해하는
샘들의 눈빛 때문에
아이들은 시들어 간다
사방에 진 목련꽃처럼, 애처로이

발달 장애아

어느 날 동수가 갑자기
번쩍 손을 들고 찬성 쪽으로
자리를 이동한 건
얼마만 한 세월 만일까
동수 엄마가 그걸 봤더라면
어땠을까

프놈바켕*의 점심 식사

오늘은 호밀빵을 만들어 보아요 벌써부터 시커먼 맨발의 아이들이 웅성이네요 팔찌를 팔다 온 소녀도 목탁을 깎다 온 소년도 모두들 풍선 같은 마음이에요 널따란 탁자에 둘러앉아 호밀빵을 빚다 보면 어느새 지구를 반 바퀴 돌고 온 메콩 강이 보여요 햇살에 부푼 물고기의 아가미가 반짝여요 오늘 점심은 갓 구운 호밀빵이에요 이제 막 돌이 지난 아이가 까치발을 하면 여덟 살 난 한국 아이가 친절하게 돕지요 그럭저럭 칠백여 개의 위장이 차오를 무렵 맨 뒤에 줄을 선 만삭의 여인이 고개를 떨궈요 식사를 마친 아이들은 모두 마당으로 몰려 나가 모래 놀이를 해요 금이 간 다람쥐 통은 지구를 돌고 또 돌아요 어느덧 호밀 향이 흐려지고 아이들은 서둘러 물 위에 뜬 집으로 돌아가요 가족에게 줄 빵을 몰래 챙긴 아이의 덧니가 살짝 보이네요

* 캄보디아 앙코르 와트에 있는 힌두교 사원.

제2부

대단한 놈들이다

시와 운동장

요즘 사람들은 정말
우울증에 많이 걸린다
나는 스물여섯 어느 해
그 병이 와서 이대부속병원에 잠깐
입원했는데 그때
동그랗고 해말간 얼굴의 소녀를 본 적이 있다
소녀와 나는 그렇게 환자복을 입고
잠깐 스쳤다
밥도 함께 먹었을 것이다
텔레비전도 함께 보았을 것이다
첫 담임이 끝나 갈 무렵
나는 병이 들었고
이듬해 다시 만난 아이들 속에
그 소녀가 있었다
병원 이름이 촘촘히 박힌
환자복을 입고
해사한 피부로 웃음 짓던 그 아이와
나는 1년을 함께 생활했다

겨울 방학이 시작되기 며칠 전
첫눈이 내리던 날
운동장에 모여 시를 짓던 그 아이의 눈빛이 떠오른다
호호 손을 불던 그 아이는
어른이 되었을까
시를 짓던 그 운동장에 지금도 눈은 내리고 있을까

CCTV

핸드폰을 분실한 아이 때문에
CCTV를 보게 되었다
올해 새로 설치한 CCTV
복도를 오가는 아이들의 모습도
출석부를 낀 선생님의 모습도
모두 훤히 보였다
오가는 아이들 틈에 숨은 방망이들
누가 우리 아이를 해치나
누가 우리들을 노리나
흉흉한 가슴들
언젠간
교실에 설치할지도 몰라
우리들 웃음을, 자유를
죄어 오는 익명의 기계
텅 빈 마음들이
카메라에 담긴다

시험 울렁증

홀랜드(Holland)의 직업적성검사도
아이들은 시험인 줄 안다

공포의 교실

아침 자습 시간마다 스마트폰을 꺼내어
게임 하는 소년
주형이
그 아인 왜 그랬을까
초등학교 때부터
9층 방 베란다에 걸터앉아
호시탐탐 뛰어내리려 하고
잠들기 전 조용한 시간
아빠 벨트로 목을 조르던.

방과 후면 동아리반에서
춤추는 소녀
수빈이
그 아인 왜 그랬을까
지난 수개월간
아무도 없는 빈집에 홀로
아빠 넥타이로 목을 졸라 보곤
다음 날 아무렇지도 않게 등교하여

안경 너머 눈동자를 껌벅이던.

수빈이와 주형인 왜 그랬을까
날마다 자살을 꿈꾸며 등교하고
수업을 듣고 밥을 먹고 하교를 하고
또 목을 졸라 보고
말리는 어른들 몰래 또다시 흠칫
시도해 보는 천국에의 꿈

나는 하루하루가 두렵다

공 뺏긴 날

열라 축구 하고 있는데
교실에선 안 된다며 공 걷어 가는
선생님의 뒤통수가 얄밉다
우리들의 놀이를
한 번쯤 공유해 보았다면
신나는 찰나,
안전사고 때문이라며
우리들의 기쁨을
즐거움을 거두어 가는
저놈의 뒤통수

독서 시간

엎드려 있는 아이들은
지금쯤 무슨 꿈을 꿀까
간밤에 배달되어 온
여섯 조각 난 피자의 꿈
한껏 부푼 빵 조각만큼이나
출렁이는 아이들의 내장
딱딱한 책상에 엎드려
꾸물꾸물 무슨 지도를 그릴까

알렉스

먼 이국에서 온 사나이
황금빛 머리카락에
한겨울에도 반팔 티셔츠를 입고
휘적휘적 서울 한복판을 쏘다니며
피자로 하루를 사는 남자
원어민 교사인 그는 아이들 속에서 빛난다
운동장에서 아이들과 축구를 할 때
선생님들과 담소를 나눌 때에도
그는 늘 푸른 눈빛으로
자신을 둘러싼 이방인들과 어우러졌다
가끔씩 교문 밖에 나가 피워 무는 시가 한 대에
머언 영국 땅을 떠올리겠지만
아이들은 오늘도 다리 긴 알렉스 형과 함께
구덩이 파인 운동장을 신나게 달린다

학원

요즘 아이들은
학원 때문에
방과 후에 뮤지컬 연습도
하지 못한다

위기의 아이들

지난겨울부터
강남구의 청소년 쉼터와 보육원을 오가며
구룡산 자락의 운무와 함께했지
가을에 출소할 아빠 생각에
보육원 형들의 꼬붕 노릇도
엄격한 규칙도 모두 참아 냈는데
동사무소에서 폐쇄해 버린 집엔
가고 싶어도 갈 수 없고

밀린 월세는 어떻게 하나
산처럼 쌓인 세금 고지서들이
자꾸만 눈에 밟히는데
주머니엔 작년부터 피워 온
담배 한 개비도 없고

열 살 때부터 나를 키워 준
엄마가 그리워 정신병동에 편지도 해 보지만

아아, 언제쯤 만날 수 있을까
언제쯤 식구들 얼굴 맞대고 앉아
골콤하게 끓는 찌개 앞에 두고
날 선 몸 부릴 수 있을까

밤마다 그리운
아버지
어머니
그리고 이리저리 뒹굴고 있을
가재도구들

죄인

소지품 검사를 하는 날
아이들은 죄인처럼 하나, 둘
가방 안의 물건들을 꺼내어
책상 위에 놓는다
선생님의 눈초리는 매섭다
마치 형사인 듯

오늘은 교실이 경찰서 같다

대단한 놈들이다

독서 시간에 책 안 읽고
사서 선생님께 작업 거는
저 남학생들
수컷의 본능인가?
책 읽기 싫은 건가?
분명 사교적인 건 맞는데
열 살 위인 사서 선생님이
오히려 얼굴 빨개지다니
대단한 놈들이다

등 떠밀리는 아이들

학기 초에 우리 반에 배정된
케냐의 나이로비로 간 아이는
지금쯤 무얼 할까
부모에게 등 떠밀려
열다섯에 머나먼 아프리카로
떠난 숙명이
어떤 미래를 만들까
방학 때도 오지 못하게 방패를 친
엄마는 무슨 생각을 할까
가난한 부모 품보다
사이비 종교 단체라도 공짜로 유학 보내 준
교회에 기대고 있는지 몰라
아이가 스무 살이 될 때까지
흑인들과 어울려 말도 트면
언젠가 고국에 돌아와 눈부시게 살리라
바라는 걸까
흙먼지 엉긴 말발굽들
휘휘 도는 풍차들

그 애의 이마에도 팔랑였으면

19세기 교실

전학 왔다고
이전 학교에서 문제 있어 강제 전학됐다고
늘 색안경 끼고 바라본다면
그 아인 뭔가
세상 어느 틈에도 발 딛기 힘든
이 좁다란 지구 위에
외로운 아이
쌍꺼풀 만들기 위해 풀 좀 붙이면 안 되나
방학 때 머리에 살짝 물 좀 들이면 안 되나
뭘 하든 죄인을 만드는 시선들
시들어 가는 풀꽃
어른들의 잣대 속에 시무룩
끼를 잃는 아이들
흥을 잃는 아이들
19세기 교실의 비애

제3부

자유 시간

학교

백담사에서 십 년을 살다 나온
민철이는 학교생활이 그닥
즐겁지만은 않은 모양이다
전 과목 제치고
그저 자기 나름대로 논다
국어 시간에도
수학 시간에도
심지어 체육 시간에도 민철인 백담사 용소폭포 앞
뽐내던 자태를 무기 삼아
학과 수업에 괘념치 않고 뛰논다
나는 그 애의 삶의 방식을 독려하였다
전 과목 개무시하고
그대로 살라고
너 같은 애가 또 있다고
그리고 너 같은 애들이
더 똑똑하다고
학교 수업의 틀이나 잣대를
견디지 못하는 수많은 아이들이

기죽지 않도록
나는 끝까지 그들을 격려하는
선생이고 싶다
이 땅에 진정 꿈같은
자유의 그날이 올 때까지
살맛 나는 학교가
될 때까지

원 달러, 원 달러

자줏빛 꽃술이 찬란한
메콩 강변의 팔찌
지금도 보석함 속에
알알이 빛나고 있지

세 개에 원 달러, 원 달러를 외치며
오색이 만발한 바구니를 들고
프놈바켕의 일몰 뒤로
팔찌를 팔던 소녀
조각난 원피스에 맨발로
애원하던 눈망울
원 달러, 원 달러
하루 세끼의 염원이
오백여 년 전 크메르*의 위용을 삼킬 때
머언 들녘
소 떼들의 하품이 고즈넉한 캄보디아

* '캄보디아'의 전 이름. 크메르 왕국.

자유 시간

자유 시간엔
여러 가지 일들이 일어난다
판치기
친구 무릎에 앉아 수다 떨기
판타지 소설 읽기
스마트폰 세상 친구랑 함께 즐기기
혼자 엎드려 음악 듣기
소리 지르며 말달리기
누가 말렸을까?
우리들의 자유를
누가 억눌렀을까?
우리들의 심사, 드높은 하늘에 펼쳐진
무지갯빛 감흥을
그 누구도 터치할 수 없는
내 영혼 속 무한한 자유를

중2 병

중2 병 딸을
계속 부추기는
중2 병 엄마
나도 덩달아 중2가 되어 간다

도대체

주혁이 엄만 또 왜 그랬을까
주혁이처럼 귀엽고 이쁜 아들
흔하지도 않은데
공부 좀 못한다고 닦달하고
학원 빵빵이 시키며 들들 볶고
기초수급자 지원받으려 서류 꾸미고
그림 잘 그리는 주혁인 못 보고
맨날 들들 볶는 어른들
어느덧 주혁이 마음에 검은 그림자
보지도 못하고 벨트로 목 졸랐다고 혼내고
또다시 들들 볶는 주혁이 엄마는
왜 그랬을까?
도대체

굴레

때론 가난한 아이들보다
강남의 부잣집 아이들이 더 힘들다
사생 대회 날
교복을 단정히 입고
캔버스 들고 줄 맞추어 이동하는
모 학교의 여학생들을 보고
나는 자유 없는 영혼,
굴레에 갇힌 아이들의 지옥을 보았다
차라리 이리저리 흩어져
잔디밭에 뒹굴며
시를 쓰고
그림을 그리고
그냥 미완이어도 제출하고
그런 아이들이
행복한 것은 아닐까?
한국의 상류 계층 아이들은
때때로 가난한 아이들보다 훨씬 힘들다

양수리 풍경

인공 분수는 아닌데 개울물 중간에서 샘솟는 분사에 엉덩이 들이대고 호강하는 아이 견지낚싯대에 드리워진 하늘과 태양의 그늘이 맞닿은 양평군 수종면 다리 밑엔 8월의 뜨거움을 달래려는 사람들로 붐비는데 워터피아를 방불케 하는 높다란 바위 위 다이빙 군단들이 풍덩 할 때마다 등허리에 땀 한 줌 훔쳐 내고 물속에 잠긴 납작납작한 돌들에 엉덩이 대고 앉아 담소하는 연인들 궁둥이를 간질이는 물고기들에 사나운 말들이 녹아내리고 개울가 한복판에 앉아 물세례를 받고 있는 이들 등허리를 자극하는 파동에 뭉게구름이 부럽지 않은 다리 밑은 때마침 날아든 잠자리와 쓰르라미 황소개구리의 천국인데 그 위에 즐비하게 주인을 기다리고 있는 자동차들, 다리 위 지열이 이글이글하네

도서관 식당

사람들은 하나, 둘 식당에 모여
서로 등을 돌리고
각자 준비한 식판의 음식들
집어삼킨다
귀에 꽂은 이어폰의 음악 소리,
영어 단어 소리에
향긋한 사람들의 풍미를 잊고
그냥 그렇게
신문에
노트에
스마트폰에
시선을 꽂고
묵묵히 밥을 먹는다

체벌

지금도 학원에서는
쪽지 시험 틀린 개수에 따라 아이들이
매를 맞는다고 한다
학교에서도 아직
체벌 도구를 들고 다니며 종종
아이들을 위협하고 때린다고 한다
벌써 수년 전
체벌은 금지됐는데
왜 아직도 우리 아이들은
매 앞에서 움츠러들어야 하나?
성적 앞에서
점수 앞에서
매 맞는 아이들
여긴 도대체 어떤 나라인가?

아들 녀석이 하는 말

엄마 교감 때문에 힘들어
학교 그만두고 싶어 했더니
교감을 곶감이라 생각하고
먹어 버려
푸하하
어느 날 또
교장 때문에 힘들어 죽겠어
사표 내고 싶어 했더니
교장을 육개장이라 생각하고
먹어 버려
푸하하하
스트레스 날리는 덴
역시 우리 아들이 최고야

도주의 꿈

점심시간마다 담을 타 넘으며
우린 달달한 꿈을 꾸었다
컵라면에 담긴 찐한 유혹과
담장 너머 펼쳐진 무한한 세상
그곳엔 선생님의 회초리도
새엄마의 잔소리도 없었다
편의점 칸칸이 마련된 커피와
초코우유가 우릴 유혹하지만
그래도 훔쳐 들고 냅다 뛰진 않았다
꽉 짜인 스케줄과
끝도 없는 아빠의 술주정과
새로 바뀐 엄마의 서먹한 눈초리
불현듯 저 편의점을 털어 달아나고 싶다
세상 끝까지

폐지 줍는 노파

수레에 담긴 무게가 버거워
땅에 닿도록 허리를 조아린
저 늙은 백발의 인생은
왜 이리 쪼글쪼글한가
수레 앞에 쌓아 둔 헌 종잇조각들을
시퍼렇게 투명한 손금으로 들어 올리고
괴나리봇짐 속엔 먹다 만 빵과 꼬깃꼬깃한
지폐들이 푸석거리네
노을이 떠오르면 그만두리
자식보다 무거운 수레엔 차라리 낙엽을 실으리

교복은 괴로워

교복값 장난 아니네 교복은 왜 입나
빈부 격차 표 안 내려 입히나 제국주의의 표상, 교복은 왜
나 어릴 적 교복 입다 사복으로 바뀌던 해
진짜로 가난한 태는 팍팍 났지 이모가 사 준 블라우스 입고
물려받은 코트로 겨울 지내고 그렇게 저렇게 지나간 시절들

메이커별로 사는 태가 풀풀 나는 교복의 감옥
자유는 없고 꿈은 깜깜한 세계 속에 묻히네
아이들은 버젓이 교복 위에 이름을 새기고 다니네
교복의 덫, 저 식민 시대의 교복은 아이들 숨통을 조이고
가격은 널을 뛰고 헌 교복은 바닥에 나뒹굴고
벼룩시장은 찬바람만 휑하니, 가난한 아이들은 어깨를 웅숭이네

교복이여 꺼져라, 탈식민의 그날을 위하여 안녕

담 타기

휴일 날
학교 철창 울타리를
가볍게 뛰어넘는 저 청년
졸업생이란다 이 학교
여학생과 데이트하는 교정 길
늘 감옥인 학교
그래도 하늘은 맑구나

제4부

나는 어쩌면

흉

아가야
달빛이 흐르는 밤
저녁을 먹고 함께 나간 뜰에
바람은 차가웠지
하늘에 별들은 총총한데
국에 덴 네 손목은 여전히
푸르게 빛나고 있구나
엄마는 기억한단다
식탁에 놓인 국그릇이 엎어졌을 때
훌훌 쏟아진 살들의 비명
아직도 들리는 듯한데
너는 어느덧 훌쩍 커 버리고
하얀 붕대 속 뱀들이 밤이면 밤마다
꿈틀거릴 때 고등어를 먹이며
새살을 바라던 꿈들은 벼랑 끝으로
사라지고

아가야, 너는 아니?

손등에 박힌 선홍빛 살들이 꿈틀대는 이유를
하르르하르르 떨고 있는 까닭을
너는 알고 있니?

집

비닐하우스에 사는
소영이가 어느 날 내게
조용히 말했다
화장실 타일 박혀 있는 집에
사는 게 소원이라고

닭장차

요즘 아이들은
예전과 달라
학교가 파하면
또 다른 인생
학원 차에 실려
밤을 누빈다
운동장에 아이들은 보이지 않고
창살 없는 닭장 같은 버스에 실려
이리저리 이동하는 2막의 생
운동장에 빙빙 도는 독수리 무리
아이들 뒷목을 채어
할퀴네 저녁노을에 눈시울이 젖도록
할퀴네
불안한 아이들의 눈초리
날갯죽지에 어린 슬픔

나는 어쩌면

누나는 춤을 추지 춤꾼이라네 나는 자동차를 좋아해
그리고 싶지만 뜻대로 안 돼 펜 끝은 딱딱하고
무언가 걸린 듯해 나는 하릴없이 건반을 두들기지
햇살은 투명하게 나를 비추고
엄마는 시를 쓰고 아빠는 집을 짓고 나는 무엇이 될까
누나는 밤이 이슥하도록 춤 연습을 하고 나는 또로록한 눈망울
굴리며 바라보지 세상을
펜 끝은 뭉툭하고 학교는 재미없고 하품이 나고

나는 문득 종이비행기를 날리지
친구들은 모두들 학원으로 종종종 나는 텅 빈 가방을 메고
하교하는 오후, 나른한 졸음은 몰려오고
자동차들은 하나도 없네
놀이터에 아이들은 보이질 않네
영어 수학은 나를 옥죄고 나는 심장이 뛰네
알 수 없는 철자들 희미한 숫자들

그러나 자동차는 붕붕 멋진 몸을 날리고
하늘은 뜨거워 교복은 무겁고
아득한 전봇대들 사이로, 부는 바람

하산

연주암에 모여
수능 기원을 하는 엄마들
발아래 펼쳐진 빌딩 숲으로
아이들 밀어 넣으려
부처님께 치성드리나

가시리

가시리 가시리잇고
바리고 가시리잇고
날러는 어찌 살라 하고
바리고 가시리잇고
위 증즐가 태평성대

연상의 누나를 떠나보냈던 기억
얼마간 사귀다 헤어진 커플들
아이들은 저마다
고려 가요 '가시리'의 기억을 안고 있었다

마지막 교실

눈 쌓인 운동장
저벅저벅 비탈길 따라 걷는
눈사람의 이마 위에
태양은 마법 같은 실눈을 뜨고,
그림자보다 예민한 발걸음으로 툭툭 던져 보는
그리움의 날들, 이제 떠나가네
빈 교실의 이야기들, 소로록 쌓인 기억들 속에
해말간 웃음들, 은행잎들
캔버스의 사탕 같던 우리의 날들은 가고
덩그런 게시판, 아이들은 떠나고
나도 없고
운동장에 하얗게 쌓인 눈들만
고즈넉한 학교

영수

웨이브 머리 영수는
영어 수학을 잘해서 영수라고
별명이 붙었다
하하하
씩씩하게 영어 수학을 잘하던
영수가 어느 날 책상에 엎어졌다
왜 그러니? 영수야
선생님……

영어 수학을 계속 잘 해내기가 힘들어요

영수의 별명 속에도
나름의 슬픔이 있었다

뮌헨의 여인

어느덧 나는 뮌헨에 도착하였다 광장 한복판 조각상 아래 모인 사람들은 저녁 구름처럼 술렁인다 프라우엔 성당의 종소리가 울려 퍼지자 마차를 끄는 말들의 갈기가 흔들린다 사람들은 흩어지고 나도 눈길을 걷는다 쇼윈도에 진열된 보석들은 얌전히 주인을 기다리고 거리를 활보하는 여인들의 하이힐이 반짝인다 노천 카페는 맥주를 마시는 사람들로 붐비고 과일 가게엔 둥근 웃음들이 넘쳐 난다 눈 쌓인 보도를 지나 나는 지하도로 내려간다 개찰구에 모인 사람들은 지도가 없고 열차는 연신 사람들을 실어 나른다 신문지 조각은 바닥에 펄럭이고 그 길을 따라 문득 한 여인을 본다 화장실 한 귀퉁이에 정박한 중년의 여인 휠체어에 앉은 그녀는 비대한 몸집으로 옴쭉도 않는다 헝클어진 머리칼 담요를 둘둘 감싼 그녀의 어깨 위로 전차 소리가 지나가고 빛바랜 머플러가 그녀의 허기를 감싼다 사람들은 아무 일 없는 듯 드나들고 여인은 형광등 불빛 아래 흐린 얼굴을 묻는다 나는 손을 씻고 그곳을 나온다 거리엔 여전히 눈이 내리고 아이들은 눈 뭉치를 던진다 가로등은 선명히 빛나고 사람들은 옷깃을 추스른다 나는 눈 묻은 부츠를 탁탁 턴다 화장실 안의 그녀가 자꾸 부츠 바닥에 달라붙는다 정기 세일 백화점 앞의 군중들을 지나 나는 조각상 앞으로 총총히 걸어간다

손목

수학도 못하는데
회계사 되라는
아빠의 다그침과
꽉 짜인 스케줄
그것이 그 애를 힘들게 했을까?
아니면 절친이었던 친구가 어느 날 문득
돌아서고 만 것이 상처였을까?
수차례 손목을 그은 수희
그러나 요즘 사람들은 그런 얘기를
그리 심각하게 받아들이지 않는다
그냥 의례적인 일로
그냥 그어 보기도 하는 거라며
대수롭잖게 넘어갈 뿐이다

세월호

'가만히 있으라'는 안내 방송 때문에
물귀신이 된 아이들
대신 자유로운 영혼 때문에
가만히 못 있고 갑판에 나갔다
목숨 구한 아이들
지금도 왕왕 아이들은
교사들의 말은 무조건적 명령으로
따라야만 하는데

소년

가끔씩 강의용 마이크로 들려주는
우철이의 발라드 감성은
가을을 흔든다

핸드폰

쉬는 시간마다 노상
핸드폰만 한다고
엄마들은 걱정이지만
그 속엔 무한한 세상이 있다
게임, 자유, 친구, 그리고 세상……
서로 치고받고 싸우는 일도 줄어든
스마트한 세계
IT 강국의 교실 풍경

민들레꽃

휘적휘적 교복 자락 흩날리며
등교하는 상현이
차비가 없어 이른 아침부터 걸어온다네
그래도 맑다네
방학 때는 끼니를 이을까
구멍 뚫린 가방을 메고
휘적휘적 오가는 등하굣길에
노랗게 핀 민들레
반갑게 인사하면
그래도 상현인 마음이 즐겁다
부스스한 뽀글머리 작은 체구에 늘
교실을 떠돌아다니는 아이지만
오가는 길목에 핀 희망들, 웃음들
그 애의 어깨에 살포시 내려
든든한 휘장이 되어 준다

청소년 좌담

훌훌 읽고 느낄 수 있는,
우리들의 모습이 담긴 시

김영찬 강릉제일고 2학년
이우연 전주 용흥중 3학년
정채림 서울 명덕외고 1학년
김성규 시인

2016년 2월 12일
서울 서교동 창비 사옥 회의실

김성규 사회 반갑습니다. 청소년 독자들이 청소년시를 어떻게 읽을까 궁금해서 이 자리를 마련했어요. 친구들이 시집을 읽고 나서 다른 친구들은 어떤 느낌으로 읽었나 하고 펼쳐 보면 좋겠습니다. 오늘 얼굴을 보니 약간 긴장을 한 거 같기도 한데, 편안하게 생각하고 말해 주었으면 좋겠어요. 처음에 연락받고 어땠어요? 좀 걱정되었을 거 같기도 하고 기대가 되었을 거 같기도 한데요.

김영찬 저는, 원래 선생님께 말씀 들었는데요. 제가 좋아하고 존경하는 하늘 같은 선생님께 딱 불려 갔을 때, 아 뭔 일인가 했는데, 이거 한 번만 해 보라고 하셔 가지고 그냥, 단숨에 '하겠습니다' 했죠.

정채림 요즘 나온 시집을 잘 안 읽어 봐서, 그런 면에서 좋을 거 같다고 생각했어요. 옛날 시를 읽고 얘기하는 거 좋아하고 백석 시인을 좋아하는데, 최근 시집은 읽어 보지 못해서 기대하고 왔어요.

이우연 저요? 어, 그냥 솔직히 말해요? 서울에서 이런 거 해 보는 게 좋은 기회인 거 같기도 하고 궁금하기도 했어요. 그리고 국어 선생님이 나중에 자기소개서에 써 주신다고 해서…… 서울은 처음이라 길도 모르고 해서 엄마랑 같이 왔어요.

함께 아픈, 안타까운 우리 학교

김성규 섭외 때문에 선생님이 불렀을 때 혹시 내가 뭐 잘못한 거 없었나, 이런 걱정 하면서 교무실 간 거 아니에요?

김영찬 이 시집에도 「교무실」이라는 시에 "아이들은 교무실로 호출만 받으면/당장 초조해하며 내가 뭘 잘못했나부터/생각한다"라는 구절이 있잖아요. 맨날 그렇죠. 교무실에서 부르면 두려움에 떨면서 갑니다.(웃음) 공감 가는 내용도 많고, 최근 학교생활을 담고 있는가, 생각도 들었어요. 「은수의 머리칼」이라는 시에 머리 염색하는 이야기가 나오는데, 저희 학교는 두발이 완전 자율화돼서 염색을 해도 교칙에 위반되진 않거든요. 물론 눈총 때문에 염색한 걸 검은 머리로 바꾼 건 이해가 되기도 해요.

이우연 제가 다니는 중학교 교칙에는 염색이랑 화장은 안 된다고 되어 있지만, 그런 걸 해도 학교에서 뭐라 하진 않아요. 그래서 염색이랑 화장 하는 애들이 많아요. 학년이 올라갈수록 많아져서 대부분 화장을 하고 다녀요. 교칙이 있긴 한데, 지키진 않아요. 저는 공감되는 시가 많았어요. 학교생활을 다룬 시들이 특히 그랬어요. 「교무실」이라는 시랑 「시험 울렁증」이라는 시요. 「시험 울렁증」은 "홀랜드(Holland)의 직업적성검사도/아이들은 시험인 줄 안다"라는 되게 짧은 시인데도 애들 모습이랑 똑같았어요.

정채림 제 짝꿍이 남자애였는데, 검사지에 수학 파트가 있었어요. 걔가 수학을 좀 잘하는 앤데 제가 더 먼저 푼 거예요. 근데 얘가 그걸 보더니 갑자기 막 한숨을 쉬고 막 머리를 쥐어뜯고 그러는 거예요. 직업적성검사를 하면서 상대방과 비교하는 모습이 시험 치를 때랑 똑같은 거 같아요.

이우연 애들이 그런 거 나눠 주면 처음에는 그런 검사인 줄 모르고 또 시험 보냐고 선생님한테 그래요.

김영찬 아! 또 재밌는 거는요, 검사지 문항이 엄청 많거든요. 근데 찍고 자는 애도 있어요.(웃음) 저는 「공 뺏긴 날」을 읽으며 진짜 울분을 토했는데, 한참 재미있을 때 선생님이 공 뺏어 가면…….

정채림 근데, 학생 입장에선 되게 공감이 많이 되는 시인데 꼭 나쁘다고 말할 순 없는 거 같아요. 왜냐면 위험할 수 있는 만에 하나의 상황을 감안해서 공을 빼앗는 거니까요. 개인적으로 저는 「시와 운동장」이라는 시가 제일 가슴에 남았는데 어쩌면 작가의 마음이 잘 드러난 시가 아닐까 하는 생각이 들었어요. 우울증으로 학생이랑 선생님이 같이 입원했다가 다시 학교에서 만나잖아요. 서로 모른 척하고 지내지만 그 마음이 통하니까 기분이 어떨까 궁금했어요. 선생님에 대해서 나쁜 이미지를 가진 학생들이 읽으면 진심을 잘 알 수 있을 거 같아요. 이 시집에서 가장 따뜻했던 시예요.

이우연 저는 「아들 녀석이 하는 말」이 재미있었어요. 이 시집이 가벼운 내용은 아니잖아요. 근데 이 시에서 스트레스 받은 일을 가족한테는 솔직히 다 말하잖아요, 학교에서 있었던 일요. 선생님인 엄마가 교감 선생님 때문에 힘들다고 하니까 아들이 엄마한테 "교감을 곶감이라 생각하고/먹어 버려"라고 하고, 엄마가 교장 선생님 때문에 힘들다고 하니까 아들은 "교장을 육개장이라 생각하고/먹어 버려"라고 해요. 이런 말을 다른 사람한테는 할 수 없잖아요. 이렇게 재치 있게 표현하고 웃음을 줘서 제일 마음에 들었어요.

김영찬 저는 이 시들을 보니 꼭 교사가 학생을 억압한다, 이렇게 단정 짓는 게 아니라, 뭔가 시스템적으로 윗세대와 아랫세대가 충돌할 수밖에 없는 안타까움, 그런 걸 드러내고 있는 거 같아요. 이 선생님도 윗세대인 교감 선생님과는 어쩔 수 없이 가치관이 충돌하는 부분이 있는 거죠.

김성규 「시와 운동장」이라는 시를 읽으면서 저는 이 선생님에게 이런 면도 있구나 생각했어요. 개인적으로 만났을 땐 그렇게 힘들어 보이지는 않았는데 마음이 많이 아픈 시들이 많아서, 읽고 나서 버스 타고 가다 문자 메시지를 보내기도 했어요.

이우연 여기 나오는 「집」이랑 「흉」이라는 시요, 저는 그 시에 나오는 애들을 좀 불우한 아이들로 봤는데 저희 엄마는 약간 비행 청소년 정도로 보셨어요. 저는 「흉」이라는 시에서 "국에 덴 네 손목", 이게 자해를 뜻한다고 해야 하나? 그렇게 보았어요. 친구랑 얘기도 해 봤는데 「교무실」 같은 시들은 공감이 잘된다고 해요.

정채림 저는 초등학교 때 친했던 친구가 습관적으로 자해를 했어요. 자기 집이 정상이 아니다 그런 생각을 하고, 친구 관계 문제도 많고……. 그래서인지 약간 습관적으로 그랬던 거 같아요. 가정 실습 하고 난 후에 톱을 손에 쥐고 자해한 적도 있고, 과시용으로 자해했던 게 아니라 화가 나고 너무 슬프면 그랬던 거 같아요. 자기한테 뭔가 도움을 줄 수 있는 사람이 없고 내가 너무 소외받고 사랑을 받지 못한다고 생각하는데, 자기감정을 표현하는 게 서툴렀던 거 같아요. 그런 걸 알려 주는 사람이 없으니까.

김영찬 다 이해하지는 못하지만 그런 심리가 공감이 돼요. 어떤 친구는 전봇대를 치면 손 다친다는 것을 알면서도 치거든요. 분노나 상실감 그런 것을 어떻게 하지 못하는 거 같아요.

이우연 제 친구들 중에 자해하는 애들이 가끔 있어요. 그 친구들은 자해를 아무렇지 않게 해요. 칼로 글씨 같은 거 새기고 그림 그리고, 사진도 찍어서 올리는데 왜 그러는지 모르겠어요. 칼로 글씨 쓰면 피가 나는데도 해요. 얼마 전까지는 카카오스토리에다가 자꾸 올리는 거예요. 허벅지에다가도 하고 그리고 사진 찍어서 올리고. 왜 그러는지 모르겠어요.

정채림 이 시집에 좀 어두운 내용이 많이 나와요. 학교 폭력 같은 것도 언론에서는 학교 전체적인 문제라고 보도하는데, 좀 부풀려진 거 같아요. 자해나 다른 사고들도 일부분의 학생들, 힘들어하는 학생들 얘기가 시에 중심으로 나온 게 아닌가 싶고, 평범한 독자들은 「공 뺏긴 날」 같은 시들을 더 좋아할 거 같아요.

김영찬 저도 동의해요. 시집이 전체적으로 우리를 억압하는 상황 자체에 대해 이야기하는 거 같아요. 「공 뺏긴 날」 같은 경우는 공놀이가 너무 즐거운데 안전이라고 말해지는, 학생들 입장에선 허위의 무엇을 위해서 공을 뺏겨야 하잖아요. 「은수의 머리칼」에서는 머리카락이 학생다움이라는 이데올로기 때문에 잘려야 하는 상황인데, 교사도 염색하라고 하지는 않잖아요. 교사와 학생 모두 이데올로기에 갇혀 있는 상황을 이야기하고 싶은 거 같아요. 이 시집의 주제를 확신했던 게 세월호 얘기가 나오는 대목에서였어요. 마지막에 세월호 얘기가 꼭 나와야만 했을까를 생각해 봤어요. 학생다움이라는 거, 학생은 선생님 말을 들어야 한다, 안전하려면 선생님 말을 들어야 한다, 그게 은연중에 저희 머릿속에 이데올로기로 작용하고 무의식으로서 작용했던 것이 결국에는 실제적인 위기 상황에서 아이들을 사지로 내몰았다는. 그러니까, 정말 그 무게는 다르지만 「공 뺏긴 날」과 「세월호」라는 시는 본질은 같은 것이라 생각해요. 왜 학교가 학생들을 이렇게 못살게 구나 그런 게 아니라 오히려 선생님들한테도 그 무의식적인 이데올로기가 작용해서 자기들도 어쩔 수 없는 상황 속으로 학생들과 함께 빠져 버리게 되는 안타까움, 그런 성찰이 나타나 있는 게 아닌가. 시집을 덮고 드는 생각이 그거였어요.

김성규 네, 굉장히 논리적이네요. 저도 그 부분까지는 미처 생각하지 못한 거 같아요. 그런데 저는 여러분들과 이야기하면서 우리가 속한 집단, 지역이나 가정 환경, 성적 등이 어디에 속해 있는가에 따라 관점이 달라질 수도 있다는 생각이 들었어요.

김영찬 그런데 지금 와서 조금만 돌이켜 보면, 초등학교 중학교 때에 학교 폭력이 어땠나 생각해 보면 심각했거든요. 가해를 하면서도 자각하질 못한 거 같아요. 고등학교에 와서 좀 성숙해져서 학교 폭력이 벌어지려고 하면 서로 의식적으로 말리는 것도 있어요. 고백하자면 저도 가해자였는데, 중학교 1학년 때 반에서 따돌림당하는 학생이랑 다른 학생이랑 싸움을 했어요. 교실에서 둘이 넘어져서 싸웠는데 다 같이 그 아이를 밟았어요. 그런데 어느 한 명 말을 맞추지 않았지만 진술서에는 모두 그런 일 없다 이렇게 쓴 거예요. 그리고 학교라는 공간 안에서 제일 심한 폭력이 사실은 체벌인데, 그게 없어지고 나니까 폭력의 무게가 좀 가벼워진다고 해야 될까요.

"화장하고 싶어요, 느끼는 대로 말하고 싶어요."

김성규 염색, 화장을 하고 싶은 아이들의 모습이 「은수의 머리칼」이나 「틴트 고운 입술로……」에 나오는데 화장은 보통 언제부터 시작하나요? 그런 학생들을 대하는 학부모나 선생님들의 태도가 시집에 잘 반영이 되었나요?

이우연 저는 「틴트 고운 잎술로……」가 약간 중학교 여자애들이랑 비슷하다고 느꼈어요. 친구들은 초등학교 4학년 때부터 화장을 하는데 그때는 선생님들이 싫어하시는 게 당연하잖아요. 6학년이나 중학생이 되면 안 하는 애들이 거의 없을 정도로 엄청 많이 해요. 처음엔 부모님들이 많이 뭐라 하시고, 화장품을 갖다 버리기도 해요. 시 내용이랑 비슷해요. 선생님들이 뭐라 하면 애들이 뒤에서 선생님도 화장하시는데 왜 우리는 안 될까 약간 그런 생각도 가지고 있고. 비슷한 거 같아요. 읽고 많이 공감할 거 같아요.

정채림 중학생 때는 그런 생각 많이 할 거 같아요. 화장을 하면 피부에 안 좋은 걸 다 아는데 하고 싶으니까 그게 습관이 돼요. 저희 부모님은 아직도 화장하는 걸 안 좋아하시죠. 근데 하다 보면 하라고 하는 부모님도 계시고, 무서운 선생님이나 인성부장 선생님 빼곤 크게 뭐라고 하지는 않으세요. 시험 기간에도 매일매일 화장을 하고 다니는 언니가 두세 명 정도 있는데 그 언니들은 화장을 안 하면 학교를 못 나오겠대요. 그럴 정도로 심하기도 해요.

김영찬 남자들은 하면 욕먹으니까 간간이 해요. 극소수인데 비비 크림 정도예요.

김성규 「주의력 결핍 과잉 행동 장애」와 「불편한 눈빛」에서는 정상과 비정상 구별 짓기를 하는 모습들이 나옵니다. 학교에서 그런 모습이 자주 있나요? 그리고 그런 것을 보았을 때 오늘 좌담에 온 학생들은 어떤 감정이 드나요?

정채림 선생님들도 정상, 비정상을 구분 지을 수 있지만 오히려 그런 구분은 학생들이 많이 한다는 생각이 들었거든요. 왜냐면 같은 또래 집단에서 제일 많이 느끼고 있는 거니까. 뭔가 튀는 행동을 하는 것, 그래도 요즘엔 자기 개성이 중요하다고 생각하긴 하지만 어쨌든 학교라는 집단 내에서는 그런 개성이나 기준이 되게 보수적으로 작용하고 선생님의 의견에 다른 의견을 제시하는 건 되게 어려운 일이라고 생각해요. 고등학교 때에는 생활 기록부랑 연관을 시키면 '저 쌤이 생활 기록부를 이상하게 써 주면 어떡하지?' 하는 생각이 들 수도 있고. 저는 미술 선생님이랑은 사이가 좀 많이 안 좋았거든요. 근데 그 선생님이 궤변 비슷한 말을 해도 저는 거기다 대고 죄송하다는 말밖에 못 했었어요. 그런 게 저는 많이 싫었어요.

김성규 너무 모범생이라 그러는 거 아니에요?

정채림 이미 학교라는 공간 안에는 옛날부터 예의 바르게 지내야 되고 선생님한테 도전하면 안 된다는 게 깔려 있어요. 어른들한테 뭔가 내 의견을 표출하는 것 자체를 어렵게 생각해요. 옛날보다는 덜하지만 사회적인 분위기 자체가 그런 게 아닌가 싶어요.

이우연 작년 12월쯤의 일인데요, 주의력 결핍까진 아니지만 저희 반에 사교성이 조금 떨어지는 아이가 있는데, 한 친구랑 되게 단짝이었어요. 수학여행을 갔다 와서 둘 사이가 좀 틀어졌는데, 제 입장에서 봤을 땐 그냥 사과하고 걔도 받아 주면 끝날 거 같았어요. 걔가 그런 말을 먼저 못 꺼내서 학교를 안 나오고 정신과를 다니며 약을 먹었고 결국 자퇴를 했거든요. 그때 저도 마음이 안 좋았어요.

김성규 사춘기라는 게 원래 감정 기복이 클 때인데, 너무 모든 것을 병으로 만드는 풍토가 있는 거 같아요. 교사는 구별 짓는 자, 공 뺏는 자(「공 뺏긴 날」)로 나오지만 원어민 교사(「알렉스」)는 인기가 많은 거 같아요.

김영찬 일본어반 애들을 보면 일본어 원어민 선생님이 거의 형 같은 느낌이에요. 같이 여행 갔다 오기도 했어요.

이우연 저희 학교도 금발머리 여자 영어 선생님이 계세요.

인기가 실제로 많으세요. 신기해서 애들이 많이 좋아하는 것 같고. 한국 선생님들은 어른 선생님 같은데 원어민 선생님은 나이 차이도 많이 안 나고 친구 같다고 해야 되나. 마음이 편해요. 어떤 아이들은 원어민 샘이랑 같이 먹을 거 사 먹으러 가기도 해요.

김영찬 일단 그 편한 이유가 원어민 선생님은 교육청에 소속돼 있는 교사가 아니니까. 그리고 학교에서 수업 외에 하시는 업무도 없고 사실 어떻게 보면 자유의 몸이죠. 선생님들 중에 그렇게 자유로운 선생님이 계시니까 애들은 좋아할 수밖에 없는 거 같아요.

정채림 초등학교나 중학교 때는 다들 성적에 연연하지 않아서 편하게 생각하는 거 같아요. 고등학교에 와서 만난 불어 선생님이 외국인 할아버지 쌤인데, 시험 칠 때는 그 선생님이 직접 테스트를 안 해요. 그래서 한두 시간 정도 즐겁게 수업을 들을 수 있으니까 다른 선생님들한테 쉽게 할 수 없는 얘기도 많이 하는 거 같아요. 영어 외국인 선생님은 직접 테스트를 하시는데 0.1점 이런 식으로 등급이 매겨져요. 깐깐하고 약간 점수를 박하게 주세요. 그 선생님은 애들이랑 사이가 가깝진 않고…….

김영찬 하고 싶은 얘기를 못 하고 그런 것도 다 입시 때문이죠. 교감 선생님이 던진 "자, 이제 우리 학교 명문 학교로 도약합시다.", 이 한마디에 학교 전체가 그냥 어쩔 수 없이 분위기가 확 무거워졌거든요. 저는 원래 학교 수업 땡 끝나면 운동을 하고 나서 공부했는데, 학교에서 강제로 자율학습을 시키니까 저녁에는 교복 입고 거의 반사(半死) 상태로 보충 수업 듣고, 자유 시간엔 자고 그랬어요. 악순환이어서 한 학기 하다가 그냥 내 멋대로 해야겠다 하고 나왔어요.

담 넘는 아이들, 담 없는 학교

김성규 입시 때문에 선생님들한테 찍힐까 봐 하고 싶은 말 못 하고, 그것 때문에 선생님과도 거리가 생기는 것 같네요. 좀 가벼운 얘기를 해 볼까요. 친구에게 카톡으로 보내 주고 싶은 시, 이거 내 얘기네 하고 읽은 시가 혹시 있나요?

김영찬 아, 그거 있는데, 도서관 사서 쌤 꼬시기? 저희 학교는 이런 상황이 익숙해요. 여학교는 약간 공경하고 그런 분위기인데 남학교는 그게 아니에요. 상대를 여자로 생각하거든요. "독서 시간에 책 안 읽고/사서 선생님께 작업 거는/저 남학생들", 특히 초임 발령받은 선생님들한테 그러거든요.

김성규 「대단한 놈들이다」라는 시인데 저도 많이 웃었어요. 남학생들이 보면 되게 재미있을 거 같은데 여학생들은 어때요?

정채림 이해는 되는데, 왜냐면 여학생은 잘생기고 멋있는 남자 선생님 있으면 많이 빠져들잖아요. 제가 홍대부속중학교를 나왔는데 교생 선생님이 많이 오실 때는 일 년에 오십 명도 오신 적 있어요. 한 반에 세 명씩 들어오고 그랬는데, 그때 잘생긴 남자 선생님들이 오시면 대학생이고 그러니까 되게 많이 따르고 또 가실 때는 많이 울고 그랬어요.

이우연 그냥 저는 공감이 안 됐어요. 저희 학교 애들은 그렇게 막 쫓아다니고 그런 적이 없어서 이렇게 꼬시기도 하나 그런 생각이 들었어요.

김성규 「도주의 꿈」에서는 학교 담을 넘어가고 싶어 하고 「담 타기」에서는 졸업생이 학교로 와서 연애를 하기도 하죠. 지금도 학교 담 넘는 학생들 많이 있나요?

이우연 저희 학교엔 담이 없어요.

김성규 아, 충격적인 일이네요. 학교에 담이 없을 수 있다는 생각을 못 했어요.

이우연 개방적이어서 그냥 왔다 갔다 하고 울타리도 없고, 나가면 바로 아파트나 운동장이 있고요. 졸업한 오빠들이 학교 다니는 애들이랑 사귀면 학교에 오기도 해요. 학교 안에서 돌아다녀도 선생님들이 뭐라고 안 하시고 학교에서 밥을 주기도 해요.

김영찬 졸업한 누나가 저희 학교 담을 넘어서 들어왔다 하면 그날 수업이 안 될 거예요. 신나서 남자애들이 소리 지르고 실연이 뒤따를 거구요.

김성규 학교에서 남자 친구 여자 친구 만나며 다니면 정말

행복하게 학교 다니겠네요. 이제 마무리해 볼까요. 청소년 시집이 출판됐는데 느낌이 어떤지, 기존의 책들과 좀 다른 점이라든지 이런 거 혹시 있나요?

김영찬 저는 시를 많이 안 읽어요. 수업 시간에는 문제를 출제할 만한 뭔가가 있는 시들을 주로 접하니까, 저에게 가까이 와닿는 시들은 사실 많이 못 읽었거든요. 그러니까 이 시집은 좀 새로웠어요. 시는 심상이 뭐냐, 분석하면서 읽어야 하는데 이거는 그냥 훌훌 읽혔고, 읽는 대로 읽고 느끼는 대로 느꼈어요.

정채림 일단 저는 쉽게 읽을 수 있는 시가 나오는 건 되게 좋은 거 같아요. 걱정인 것은 시집이 나왔을 때 물론 시 자체도 중요하지만 이걸 학생들이 읽어야 되잖아요. 입시 위주로 시를 읽는 게 대부분인데, 그래서 내용도 중요하지만 어떻게 하면 청소년들이 문학에 관심을 가질지 또 문학 작품을 어떻게 읽을지 방법에 대해 많이 알게끔 도움을 주는 게 필요하다고 생각해요.

이우연 시가 약간 흥미가 있어야 읽게 되잖아요. 근데 보통 시는 흥미가 돋지 않는달까. 그래서 시집에 그림이나 사진 같은 걸 넣어서 흥미를 느낄 수 있게 하면 좋겠고. 제가 이 시집을 읽는데 어려운 단어들도 몇 개 나왔어요. 근데 그걸 읽을 때 흐름이 끊긴다고 해야 되나, 시 아래에 뜻 같은 거 써 주었으면 좋겠어요.

김성규 오늘 서울에서, 강원도 강릉에서, 전북 전주에서 이렇게 멀리에서 와 주어서 고마워요. 시집에 청소년 좌담을 넣는 모험을 해 보았습니다. 준비해 오느라 고생 많으셨어요. 여기서 좌담을 마치겠습니다. 박수!

시인의 말

어제는 눈이 나풀나풀 내렸습니다. 눈길을 걸으며 근처 도서관엘 갔지요. 방학 중이라 그리 북적이진 않았지만 상급 학교 진학을 앞둔 아이들이 몇몇 눈에 띄었습니다. 차를 한 잔 마시며 그들을 물끄러미 바라봅니다. 도서관 앞 보도블록에 얄팍하게 쌓인 눈처럼 아이들은 왠지 위태해 보입니다.

바깥은 아직 춥습니다. 제주엔 32년 만의 폭설이 내려 공항이 폐쇄되고 사람들은 몸을 웅숭그리고 정박해 있습니다. 우리 청소년들도 폭설에 갇혀 길을 잃고 헤매고 있는 것은 아닐까요?

청소년들의 영혼은 눈처럼 순결합니다. 아무도 밟지 않은 무한한 가능성의 세계에 놓인 10대 시절이야말로 세상으로 나갈 준비를 하는 찬란한 시기라 할 수 있겠지요. 이러한 때에 너무나 많은 청소년이 성적이나 친구, 가정의 위기 등으로 인하여 힘들게 버티고 있는 것을 바라보는 어른들의 마음은 한없이 고통스럽습니다.

여기에 실린 시들은 제가 학교 현장에서 느낀 아이들의 감정과 혼돈, 유쾌와 발랄 등을 그대로 담은 것입니다. 오늘날 청소년들의 자화상이라 할 수 있겠지요. 이 시집이 청소년 여러분에게 웃음과 행복을 주고, 어려움을 딛고 일어설 수 있는 작은 발판이 되길 기대해 봅니다. 청소년 여러분, 파이팅!

2016년 2월

채지원

창비청소년시선 04
대단한 놈들이다

초판 1쇄 발행 • 2016년 3월 25일
초판 3쇄 발행 • 2020년 6월 17일

지은이 • 채지원
펴낸이 • 강일우
책임편집 • 서영희·정편집실
펴낸곳 • (주)창비교육
등록 • 2014년 6월 20일 제2014-000183호
주소 • 04004 서울특별시 마포구 월드컵로12길 7
전화 • 1833-7247
팩스 • 영업 070-4838-4938 / 편집 02-6949-0953
홈페이지 • www.changbiedu.com
전자우편 • textbook@changbi.com

ISBN 979-11-86367-27-8 44810